MW01104896

LE SECRET DE LUCINDA

LES CHRONIQUES DE
SPIDERWICK

LIVRE TROISIÈME

Tony DiTerlizzi et Holly Black

LE SECRET DE LUCINDA

Traduit de l'anglais (États-Unis)
par Bertrand Ferrier

POCKET
jeunesse

Titre original :
THE SPIDERWICK CHRONICLES
Lucinda's Secret

Loi n° 49-956 du 16 juillet 1949
sur les publications destinées à la jeunesse : novembre 2004

© 2004, Pocket Jeunesse, département d'Univers Poche,
pour la traduction et la présente édition.

ISBN : 2-266-13847-2

Pour Melvina, ma grand-mère, qui m'a conseillé d'écrire un livre comme celui-ci, et à qui j'ai répondu : « Jamais de la vie ! »

H. B.

Pour Arthur Rackham. Qu'il continue à en inspirer d'autres comme il m'inspire, moi.

T. D.

Sommaire

Illustrations

Cher lecteur,

Tony et moi sommes amis de longue date. Enfants, nous partagions la même fascination pour le monde des fées ; mais nous n'avions pas compris jusqu'où elle pouvait nous entraîner ! Un jour, nous avions tous les deux rendez-vous pour dédicacer nos livres dans une grande librairie. À la fin, un libraire s'est approché de nous et nous a dit :

— Quelqu'un a laissé une lettre pour vous.

Tu as une copie de cette lettre sur la page de droite.

Intrigués, nous y avons jeté un œil. Nous avons rapidement griffonné un mot à l'intention des enfants Grace, et nous l'avons remis au libraire.

Peu après, on m'a livré un paquet, entouré d'un ruban rouge. Quelques jours plus tard, Mallory, Jared et Simon sont venus me raconter leur histoire – cette histoire que vous allez lire à présent.

Ce qui est arrivé ensuite ? Difficile à résumer ! Tony et moi nous sommes retrouvés plongés dans un univers auquel nous ne croyions plus depuis longtemps. Et nous avons compris qu'il existe bel et bien un monde invisible autour de nous.

Nous espérons, cher lecteur, que, grâce aux aventures des enfants Grace, tu apprendras à le découvrir et à l'apprécier.

Holly Black

Chère madame Black, cher monsieur DiTerlizzi,

Je sais que beaucoup de gens ne croient pas aux fées. Moi, j'y crois ; et quelque chose me dit que vous aussi. J'ai lu vos livres, j'ai parlé de vous à mes frères, et nous avons décidé... de vous écrire. Nous connaissons des fées. Des vraies. Et nous les connaissons bien.

Vous trouverez ci-joint une photocopie d'un vieux grimoire que nous avons trouvé dans le grenier de notre maison. Pardon si la photocopie n'est pas très belle : nous avons eu du mal à la faire !!!

Le grimoire raconte comment reconnaître les fées et comment se protéger d'elles. Nous avons pensé que vous pourriez donner ce livre à votre éditeur. Si cela vous intéresse, dites-nous où vous contacter en laissant un mot au libraire qui vous a donné cette lettre. Nous nous arrangerons pour vous faire parvenir l'ouvrage. Pas question d'utiliser la Poste : c'est trop dangereux.

Nous voulons que les gens soient au courant de ce qui s'est passé, car cela pourrait leur arriver aussi !

Bien sincèrement,

Mallory, Jared et Simon Grace.

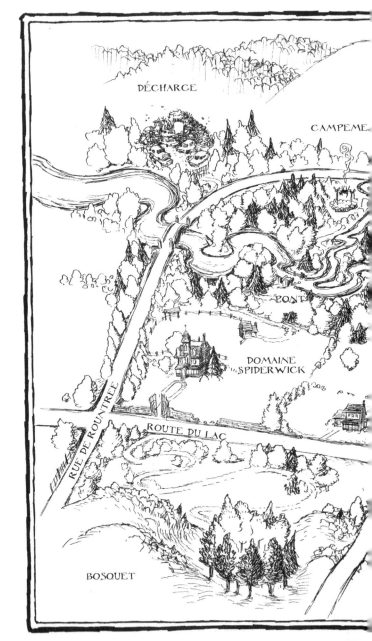

À l'envers !

Chapitre premier

Où tout est sens dessus dessous

Jared Grace prit sa chemise rouge et la mit à l'envers. Il voulut en faire autant avec ses jeans, mais c'était trop compliqué. Il avait posé sur son oreiller le *Guide Arthur Spiderwick du monde merveilleux qui vous entoure*, ouvert à la page des « conseils de protection ». Jared l'avait lue avec attention, mais il n'était pas certain que ces conseils lui seraient d'un grand secours.

Depuis ce jour où les enfants Grace étaient revenus à la maison avec le griffon, Chafouin était après Jared. Souvent, le garçon entendait les grattements du farfadet dans le mur. Parfois, il croyait même l'apercevoir du coin de l'œil. La plupart du temps, Chafouin jouait des tours dont Jared était la victime. Le garçon avait vu ses cils découpés, ses chaussures couvertes de boue, et son oreiller arrosé de pipi. Sa mère avait accusé le nouveau chaton de Simon pour ce dernier crime, mais Jared n'était pas dupe.

Mallory, elle, n'avait pas le moins du monde pitié de son frère.

— Maintenant, tu sais ce qu'on éprouve, dans ces cas-là ! claironnait-elle en se remémorant ses propres ennuis.

Seul Simon semblait éprouver de la compassion pour Jared. Normal. Si Jared n'avait pas obligé Chafouin à lui remettre la lunette de pierre, son jumeau aurait sans doute fini rôti (et assaisonné de crachats) sur un feu de camp des gobelins…

Jared passa une chaussette à l'envers et mit ses chaussures boueuses. Il aurait aimé trouver un moyen de s'excuser auprès de Chafouin. Il avait essayé de lui rendre la lunette ; le farfadet n'en avait pas voulu.

Et pourtant, malgré ses ennuis, Jared savait que, si c'était à refaire, il le referait. Il se souvenait du moment terrible où Simon était retenu par les gobelins ; et ce maudit Chafouin qui se contentait de parler par énigmes au lieu d'expliquer clairement à Mallory et à Jared comment sauver leur frère ! Rien que d'y repenser, le garçon se sentit tellement en colère qu'il faillit casser ses lacets en les nouant.

— Jared ! appela Mallory en bas des escaliers. Viens voir une minute !

Le garçon se leva, s'approcha du lit, prit le *Guide* d'Arthur Spiderwick et s'avança vers l'escalier... dont il dégringola quelques

Le soleil se reflétait dans l'eau.

marches, tête la première. En un éclair, quelqu'un avait attaché les chaussures de Jared entre elles.

Mallory était dans la cuisine. Elle tenait un verre d'eau où se reflétait la lumière du soleil. Simon était assis près d'elle. Il paraissait aussi fasciné que la jeune fille.

— Qu'est-ce qui se passe ? demanda Jared.

Sa chute l'avait rendu grognon. Il avait mal au genou ; alors, si on l'avait fait venir juste pour admirer un verre qui brillait, il allait casser quelque chose !

— Bois une gorgée ! ordonna Mallory en lui tendant le verre.

Jared la regarda d'un œil suspicieux.

Avaient-ils craché dedans ? Pourquoi Mallory voulait-elle qu'il bût de l'eau ?

— Vas-y ! l'encouragea son jumeau. On a déjà essayé…

La sonnerie du four à micro-ondes retentit. Simon s'avança et en retira une montagne de viande hachée. Le dessus était grisâtre (et peu ragoûtant) ; le reste semblait encore congelé.

— C'est quoi, cette horreur ? s'enquit Jared, les yeux écarquillés.

— Le repas de Byron, expliqua Simon. Il doit aller mieux, maintenant ; il a sûrement faim.

Le garçon fourra la viande dans un énorme saladier qu'il arrosa d'une pluie de corn flakes. Jared sourit. N'importe qui aurait paniqué à l'idée de nourrir un griffon blessé et à moitié affamé dans l'écurie désaffectée qui jouxtait le manoir. Pas Simon.

— Bon, alors ? s'impatienta Mallory. Tu bois ?

Jared se décida. Il crut qu'il allait s'étouffer ! Le liquide lui brûlait la bouche. Il en recracha la moitié sur le carrelage de la cuisine. L'autre moitié courut le long de sa gorge comme du feu.

— Vous… vous êtes fous ? rugit-il entre deux quintes de toux. Qu'est-ce que vous m'avez fait boire ?

— De l'eau du robinet, répondit Mallory. Elle a un goût bizarre, non ?

— Et pourquoi m'avoir obligé à en avaler ?

La jeune fille croisa les bras sur sa poitrine :

— D'après toi, c'est la faute à qui ?

— Comment ça, c'est la faute à qui ?

— Des choses étranges arrivent depuis que nous avons trouvé le *Guide*. Pour arrêter les dégâts, il n'y a qu'une solution : nous débarrasser du livre.

— Des choses étranges arrivaient *avant* qu'on le trouve ! protesta Jared.

— Peu importe, rétorqua Mallory. Les gobelins voulaient ce grimoire. Je pense que nous aurions dû le leur donner.

Le silence retomba quelques secondes. Puis Jared réussit à bégayer :

— Q... quoi ?

— Nous devons nous débarrasser du livre, asséna sa grande sœur. Vite. Quelqu'un risque d'être blessé dans cette maison, ou pire...

— Nous ne savons même pas pourquoi l'eau a ce goût ! objecta le garçon.

— On-s'en-fiche, martela la jeune fille. Tu te souviens de l'avertissement de Chafouin ? « Le *Guide* d'Arthur Spiderwick est trop dangereux ! »

Jared ne voulait plus penser au farfadet.

— Nous en avons besoin, objecta-t-il. Sans lui, nous n'aurions pas su qu'il y avait un farfadet dans la maison. Nous n'aurions pas su ce qu'était un troll, ou un gobelin, ou quoi que ce soit...

Il nous faut le Guide !

— … et ils ne se seraient jamais occupés de nous, compléta Mallory.

— Le livre est à moi, grogna le garçon, à court d'arguments.

— Ne sois pas si égoïste ! s'exclama la jeune fille.

Jared grinça des dents. Comment osait-elle le traiter d'égoïste, alors qu'elle ne pensait qu'à elle et à sa petite peur…

— C'est *moi* qui décide ce qu'on fait de *mon* livre, reprit le garçon, point à la ligne.

— Ne crois pas ça ! siffla sa grande sœur en avançant d'un pas. Sans moi, tu serais mort !

— Et alors ? Sans moi, tu serais morte, toi aussi ! Et sans nous, Simon serait mort, lui aussi !

— Tu vois bien que nous avons tous failli mourir à cause de ce fichu livre !

Leurs trois regards étaient fixés sur « ce fichu

livre » que tenait Jared dans sa main gauche. Furieux, le garçon se tourna vers Simon :

— J'imagine que, comme d'habitude, tu es d'accord avec elle…

Simon haussa les épaules, gêné :

— Le *Guide* nous a aidés à comprendre qui était Chafouin ; et il nous a permis de découvrir la lunette de pierre qui permet de voir le monde merveilleux.

Jared eut un sourire de triomphe.

— *Mais*, se dépêcha d'ajouter Simon (et le sourire de Jared disparut), que se passera-t-il si nous rencontrons de nouveau des gobelins ? Je ne sais pas si nous serons de taille à lutter contre eux. Qu'arrivera-t-il s'ils pénètrent dans la maison ? ou s'ils s'en prennent à maman ?

Jared secoua la tête. Si Mallory et Simon détruisaient le *Guide*, tout ce qu'ils avaient accompli jusqu'ici n'aurait servi à rien !

— Et si nous leur donnons ce livre et qu'ils persistent à nous causer des ennuis ? demanda-t-il.

— Pourquoi feraient-ils ça ? s'étonna sa grande sœur.

— Parce que, même si nous rendons le *Guide*, nous connaîtrons son existence. Et nous saurons que les fées existent pour de vrai. Ils pourraient s'imaginer que nous l'avons recopié, par exemple…

— Je leur jurerai sur ma tête que non.

Jared s'adressa à Simon qui touillait avec une cuillère en bois son mélange céréales-viande à moitié décongelée :

— Et le griffon ? Les gobelins veulent la peau de Byron, n'est-ce pas ? Tu comptes le leur offrir sur un plateau, lui aussi ?

— Non ! dit Simon en jetant un coup d'œil à travers les rideaux délavés par lesquels on apercevait le jardin. Nous ne pouvons pas encore relâcher Byron. Il n'est pas tout à fait remis.

— Et personne ne le recherche, lui, affirma Mallory. Pas comme *ton* livre. Ce n'est pas comparable.

Jared se creusait les méninges pour trouver un argument qui les convaincrait. Un argument qui leur prouverait qu'ils avaient encore besoin du *Guide*.

Il ne comprenait pas davantage le fonctionnement du monde des fées que son jumeau et sa sœur. Il ne comprenait même pas pourquoi les créatures magiques tenaient tant à récupérer un livre qui parlait d'eux. Était-ce seulement pour que les humains ne sachent rien sur eux ? ou y avait-il une autre raison ?

La seule personne susceptible de répondre à cette question s'appelait Arthur Spiderwick ; et

Arthur était mort depuis longtemps. Par contre...

— Je sais ! s'exclama Jared. Il y a quelqu'un à qui nous pouvons demander son avis. Quelqu'un qui doit forcément être au courant...

— Qui ça ? s'enquirent Simon et Mallory à l'unisson.

Jared avait gagné. Le livre était sauvé – du moins pour le moment.

— Tante Lucinda ! annonça-t-il.

Elle ressemblait plus à un manoir
qu'à une maison de retraite.

Chapitre deuxième

Où la plupart des personnages sont fous

C'est très gentil de vouloir rendre visite à votre grand-tante ! lança Mme Grace en jetant un coup d'œil aux jumeaux, dans le rétroviseur central de sa voiture. Je suis sûre qu'elle va adorer les gâteaux que vous lui avez préparés.

Par la vitre, Jared voyait défiler les arbres à toute vitesse. Les feuilles jaunes et rouges formaient des taches de couleur sur les branches.

— Les garçons n'y sont pour rien, rectifia Mallory, qui faisait son importante sur le siège avant. Ils ont juste versé le sucre dans le saladier pendant que tu travaillais.

Jared donna un grand coup de pied dans son dossier.

— Hé ! Ça va pas la tête ? protesta la jeune fille en essayant en vain de pincer son frère.

Celui-ci ricana, tandis que Mme Grace reprenait :

— En tout cas, ils se sont plus investis que toi, Mallory. Ce qui ne change rien à votre punition : vous en avez encore pour une semaine[1]…

— Je voulais vous aider, mais j'étais, euh… en train de travailler mon escrime.

Jared eut l'impression que les oreilles de sa grande sœur rosissaient. Mallory aurait-elle menti ?

1. Voir, dans la même collection, *La Lunette de pierre*.

Par réflexe, il porta la main à son sac à
dos. Le livre d'Arthur Spiderwick y était bien.
Tant que le garçon le garderait avec lui,

Mallory ne pourrait pas s'en débarrasser par surprise ; et les fées ne mettraient pas la main dessus. En plus, peut-être Tante Lucinda connaissait-elle le *Guide*. Peut-être était-ce même elle qui l'avait remisé dans le coffre où il l'avait trouvé. Dans ce cas, peut-être que, avec son aide, Jared parviendrait à convaincre son jumeau et sa sœur que ça valait le coup de le garder...

L'endroit où vivait Tante Lucinda était immense. Il ressemblait plus à un manoir qu'à une maison de retraite. Les murs en brique rouge, massifs, étaient percés de nombreuses fenêtres qui donnaient sur une pelouse impec-

cable. Une grande allée en
pierre blanche, bordée de
chrysanthèmes roux et or,
menait à l'entrée du bâtiment.
Le toit de tuiles noires était
hérissé d'une dizaine de che-
minées.

— Wouah ! s'exclama
Simon. Ça a l'air encore
plus vieux que là où on
habite !

— Plus vieux, peut-être,
grommela sa sœur, mais pas
aussi pourri.

Mme Grace se rai-
dit :

— Mallory !

Le gravier crissa sous les
pneus de la voiture, tandis qu'ils pénétraient

dans le parking. La conductrice se gara près d'une voiture verte délabrée.

— Tante Lucinda sait que nous venons la voir ? demanda Simon.

— J'ai appelé pour annoncer notre visite, expliqua Mme Grace en prenant son sac à main. Mais je ne sais pas si on l'en aura informée ; alors, ne soyez pas déçus si elle ne vous attend pas…

— Je parie qu'elle n'a pas eu de visite depuis des siècles, estima Jared.

Sa mère lui adressa un regard noir :

— D'abord, c'est très impoli de dire cela ; et ensuite, pourquoi portes-tu tes affaires à l'envers ?

Jared baissa les yeux.

— Grand-mère rend visite à Tante Lucinda, non ? intervint Mallory.

Mme Grace acquiesça :

— Ça arrive, mais ce n'est pas facile, pour elle. Lucy était plus sa sœur que sa cousine. Aussi, quand elle a commencé de se, euh… détériorer, Grand-mère a dû s'occuper de gérer ses affaires. Ça lui prend beaucoup de temps.

Jared n'était pas sûr d'avoir bien compris ce que sa mère sous-entendait ; cependant, il jugea préférable de ne pas risquer de se faire rabrouer.

Quand on franchissait les larges portes en noyer de l'institution, on se retrouvait dans un couloir. Là, un homme en uniforme lisait le journal derrière un bureau. En entendant arriver la famille Grace, il leva les yeux, décrocha un téléphone brun clair et tendit un cahier vers eux.

— Signez ce registre, marmonna-t-il. C'est pour voir qui ?

— Lucinda Spiderwick, répondit Mme Grace, qui nota leurs noms.

L'homme eut un rictus méprisant. Jared décida aussitôt qu'il détestait ce sale type.

Quelques minutes plus tard, une aide-soignante en chemise rose à pois apparut. Elle les conduisit à travers un dédale de couloirs blanc passé, où flottait une vague odeur de chlore.

Les visiteurs passèrent devant une salle où clignotait une télévision. Un rire suraigu s'éleva.

Jared se souvint des asiles qu'il avait vus

dans des films : on y voyait toujours des gens échevelés, roulant des yeux fous, emprisonnés dans des camisoles de force et rongeant avec rage leurs liens… Ici, c'était différent mais aussi angoissant. Par une porte vitrée, il aperçut un jeune homme en peignoir qui pouffait en lisant un livre… à l'envers. Par une autre, il avisa une femme qui sanglotait devant la fenêtre.

Un cri attira l'attention de Jared :

— Ha-ha ! Mon petit partenaire est arrivé, on va pouvoir danser !

Un homme aux cheveux emmêlés pressait son visage inquiétant contre la porte qu'il tentait d'ouvrir frénétiquement.

— Du calme, monsieur Byrne ! s'écria l'aide-soignante en se plaçant entre Jared et la porte.

— C'est votre faute ! cracha l'homme qui dévoila ainsi des chicots jaunâtres. Sans vous…

Il s'éloigna sans finir sa phrase.

— Ça va, Jared ? demanda Mallory.

— Mmm, répondit le garçon, se forçant à dissimuler les tremblements qui le secouaient.

— Il est toujours comme ça ? s'enquit Mme Grace.

— Non, d'ordinaire, il est très calme, affirma leur guide. Je suis désolée…

Jared était sur le point de se demander si, tout compte fait, cette visite était une bonne idée, lorsque l'infirmière s'arrêta devant une porte fermée, frappa deux coups et entra sans attendre qu'on l'y invitât.

La chambre était petite, de la même couleur blanc cassé que le couloir. Au centre était placé un lit d'hôpital. Et sur le lit, assise, un édredon sur les jambes, se tenait la plus vieille femme que Jared eût jamais vue. Elle avait une

« Les yeux de la femme brillaient d'un éclat vif »

longue chevelure, blanche comme du sucre ;
sa peau était si pâle qu'elle paraissait trans-
parente ; son dos voûté en avant penchait aussi
sur un côté. Une perfusion d'un liquide clair
était suspendue par un long tube au-dessus
d'elle. Cependant, quand les yeux de la femme
s'arrêtèrent sur Jared, ils brillaient d'un éclat
vif.

— Et si je fermais cette fenêtre, mademoi-
selle Spiderwick ? suggéra l'aide-soignante en
passant devant une table de chevet jonchée de
vieilles photos et de bibelots. Vous allez
prendre froid !

— Non ! aboya Lucinda.

La femme se figea en plein mouvement.

— Laissez-la ouverte, exigea la vieille dame
d'une voix plus douce. J'ai besoin d'air frais.

— Bonjour, Tante Lucy, dit alors

Mme Grace. Tu te souviens de moi ? Je suis Hélène…

Lucinda opina légèrement :

— Oui, bien sûr. La fille de Melvina. Mon Dieu ! Tu sais que tu as beaucoup vieilli, depuis la dernière fois ?

Mme Grace ne sembla pas très flattée par cette remarque.

— Je te présente Jared et Simon, mes jumeaux. Et voici Mallory, mon aînée. Comme nous habitons chez toi, les enfants ont tenu à te rencontrer.

La grand-tante fronça les sourcils :

— Chez moi ? C'est dangereux d'habiter le manoir !

Mme Grace tâcha de la rassurer :

— Oh, nous avons engagé des gens pour faire les réparations qui s'imposent… Et regarde : mes enfants t'ont apporté des gâteaux qu'ils ont préparés eux-mêmes.

— C'est très aimable à eux.

La vieille dame regarda les gâteaux comme s'il s'était agi non de cookies mais de cafards. Les enfants se regardèrent.

L'aide-soignante ricana et souffla à Mme Grace :

— Inutile d'insister ! Elle ne mangera rien tant qu'on la regardera.

— Je ne suis pas sourde, vous savez, signala Lucinda.

Mme Grace lui tendit le plat :

— Vous en prendrez bien un petit ?

— Non merci, répondit la vieille femme. Je n'ai pas faim.

— Et si vous restiez un moment avec Lucinda, les enfants ? proposa Mme Grace.

Elle se tourna vers l'aide-soignante et murmura :

— J'ai quelques questions à vous poser. Je ne savais pas qu'elle allait aussi mal…

Elle reposa le plat sur la table et sortit avec l'aide-soignante.

Jared adressa un signe de victoire à Simon. Les choses se passaient encore mieux que prévu : ils avaient quelques minutes de tranquillité. Ils devaient en profiter.

— Tante Lucy, dit Mallory en parlant vite, quand tu as affirmé que le manoir était dangereux, tu ne parlais pas de l'état du plancher vermoulu et des murs qui s'effritent, n'est-ce pas ?

— Tu parlais des fées ! lança Simon.

— Tu peux en discuter avec nous, avança Jared. Nous les avons vues.

Leur grand-tante leur sourit – mais son sourire était un sourire triste.

— Je ne voulais pas parler des fées, rectifia-t-elle. Pas exactement.

Elle tapota le lit à côté d'elle :

— Allons, asseyez-vous, tous les trois. Racontez-moi ce qui vous est arrivé…

« Racontez-moi ce qui vous est arrivé... »

Chapitre troisième

Où l'on raconte des histoires...
avant de découvrir un voleur

L es trois enfants prirent place sur le lit de la vieille femme.

— Nous avons vu des gobelins, un troll et un griffon, s'empressa d'expliquer Jared.

Enfin quelqu'un croyait à ces histoires ! En plus, ce quelqu'un savait peut-être pourquoi le *Guide* d'Arthur Spiderwick était aussi important ; tout allait s'arranger !

— Sans oublier Chafouin, ajouta Mallory en s'emparant d'un cookie. Même si c'est difficile de déterminer s'il s'agit d'un lutin ou d'un far-fadet…

— Chafouin ? répéta Lucinda. Je ne l'ai pas vu depuis des lustres. Comment est-il ? Toujours le même, j'imagine… Ces créatures ne changent jamais, n'est-ce pas ?

— Euh, sûrement, murmura la jeune fille. Nous ne sommes pas là depuis longtemps.

La vieille femme ouvrit le tiroir de sa table de chevet et en sortit un petit sac au tissu usé, de couleur verte, sur lequel avaient été brodées des étoiles.

— Chafouin adorait ça…

Jared prit le sac et y jeta un coup d'œil. Des

osselets de métal, des pierres et des billes en terre s'y mêlaient.

— C'est à lui ? demanda le garçon.

— Oh, non ! protesta Lucinda. C'est à moi. Enfin, c'était à moi quand j'étais jeune et que je jouais avec… Aujourd'hui, j'aimerais que vous les lui donniez. Le pauvre Chafouin, tout seul dans cette vieille maison… Il doit être si content que vous soyez venus !

« Pas exactement… » pensa Jared, qui, cependant, ne dit rien.

— Tu es la fille d'Arthur ? risqua Simon.

— Oui. Oui, Arthur était mon père. Vous avez vu ses tableaux ?

Les enfants Grace acquiescèrent.

— C'était un artiste merveilleux. Il illustrait des réclames pour des sodas ou des vêtements de femmes… Il nous fabriquait des poupées de chiffon, à Melvina et à moi, avec des habits différents selon la saison. Nous en avions un plein carton. Je me demande ce qu'elles sont devenues…

— Elles doivent être dans le grenier, suggéra Jared.

— Peu importe, trancha Lucinda. Il y a si longtemps qu'Arthur est parti. Je ne suis pas sûr que j'aimerais les revoir aujourd'hui.

— Pourquoi ? s'étonna Simon.

— Ça me rappelle des souvenirs. Il nous a quittés, vous savez…

Elle regarda ses mains très fines. Elles tremblaient.

— Un jour, il est parti se promener, poursuivit la vieille dame, et il n'est jamais revenu. Maman nous a dit qu'il ne reviendrait pas de sitôt.

Jared était surpris. Il n'avait jamais réfléchi à quoi avait pu ressembler la vie d'Arthur

Spiderwick. Il se rappelait le visage austère de l'homme aux lunettes, sur le tableau de la bibliothèque secrète. Il aurait aimé connaître cet arrière-grand-oncle qui dessinait si bien et en connaissait un rayon sur les fées. Et voilà qu'il apprenait que cet homme avait abandonné sa famille…

— Notre papa aussi nous a quittés, signala-t-il.

— J'aimerais juste comprendre pourquoi Arthur est parti, avoua Lucinda.

Elle détourna la tête. Pas assez vite : Jared vit des larmes briller dans ses yeux. La vieille femme serra les mains pour les empêcher de trembler.

— Peut-être qu'il a dû déménager à cause de son travail, proposa Simon, comme notre papa à nous…

— Oh, arrête, Simon ! siffla Jared. Tu ne crois quand même pas ce genre d'âneries !

— Taisez-vous, imbéciles ! lança Mallory en les foudroyant du regard. Tante Lucy, qu'est-ce que tu fais ici ? Tu n'es pas folle du tout !

Jared se raidit, furieux contre sa grande sœur : Lucinda allait exploser de colère. Mais elle se mit à rire, et la colère du garçon se dissipa.

— Quand papa est parti, maman et moi avons déménagé d'une ville à l'autre, expliqua-t-elle. Nous avons fini par aller vivre avec son frère. J'ai grandi avec Melvina, ma cousine (et votre grand-mère). Je lui ai parlé de Chafouin et des créatures féeriques… Je ne pense pas qu'elle ait jamais cru à mes histoires…

Elle se tut un moment avant de reprendre :

— Maman est morte quand j'avais seize ans. L'année suivante, je suis revenue dans le domaine de Spiderwick. J'ai utilisé le peu d'argent dont je disposais pour arranger l'endroit. Chafouin se trouvait déjà là, bien sûr. Il n'était pas le seul. Parfois, je voyais des ombres qui bougeaient dans l'obscurité. Et, un jour, les créatures ont cessé de se cacher. Elles avaient imaginé que j'avais le livre de papa. Elles m'ont pincée et donné des coups pour que je le leur remette. Le problème, c'est que je n'avais pas ce livre. Père l'avait emporté avec lui. Il ne s'en serait jamais séparé.

Des créatures de la taille d'une noix.

Jared voulut parler, mais Lucinda, perdue dans ses souvenirs, ne parut pas s'en apercevoir.

— Une nuit, raconta-t-elle, des fées m'ont apporté un morceau de fruit – un tout petit morceau rouge vif, de la taille d'un grain de raisin. Bêtement, j'ai croqué dedans… et j'ai scellé mon destin.

— C'était du poison ? demanda Jared, qui pensait à Blanche-Neige et à la pomme rouge de la sorcière.

— En un sens, oui, répondit la vieille femme avec un drôle de sourire. Je n'avais jamais rien mangé d'aussi sublime. Le grain avait un goût de fleur. Il était délicieux et obsédant, comme une chanson dont on n'arrive pas à retrouver le titre. Après cela, la nourriture humaine – la nourriture *normale* – devint pour moi aussi savoureuse que des cendres et de la poussière. J'étais incapable d'en manger. J'aurais pu mourir de faim.

— Mais tu n'es pas morte, constata Mallory.

— Non, grâce aux créatures avec lesquelles je jouais quand j'étais enfant. Elles m'ont nourrie et sauvée.

Lucinda tendit la main, le visage soudain radieux :

— Laissez-moi vous présenter… Allons, mes chers, approchez : vous allez faire la connaissance de ma nièce et mes neveux.

Un bourdonnement s'éleva derrière la fenêtre ouverte. Quelque chose voleta dans la lumière du soleil. On aurait dit d'abord des particules de poussière ; mais, bientôt, les enfants distinguèrent des créatures de la taille d'une noix, dotées d'ailes fluorescentes. Elles se posèrent sur la tête de la vieille femme, dégringolèrent le long de ses cheveux blancs et se posèrent sur la table de chevet.

— Ils sont mignons, n'est-ce pas ? s'extasia Tante Lucy. Mes chers petits amis…

Jared avait déjà vu de minuscules fées dans les bois ; pourtant, il se laissait encore une fois fasciner par ces êtres miniatures qui jouaient avec leur tante. Simon, lui aussi, était sous le charme. Mallory mit fin à cet instant de sidération en signalant :

— Je ne saisis toujours pas ce que tu fais dans cette maison de repos.

— Ah ! la « maison de repos », répéta Lucinda. C'est votre grand-mère, Melvina, qui était convaincue que je ne tournais pas rond. Elle a remarqué les bleus qu'avaient laissés les créatures ; et elle s'est aussi aperçue que je ne mangeais plus. Mais ce qui a tout déclenché… Écoutez, je ne veux pas vous effrayer. Euh, si,

«Tu ne vas quand même pas manger ça !»

justement: je *veux* vous effrayer. Je veux que vous sentiez à quel point il est essentiel pour vous de fuir cette maison. Vous voyez ces marques?

La vieille femme souleva un bras. Des cicatrices impressionnantes zébraient sa peau. Simon poussa un cri.

— Une nuit, les monstres sont venus. Des petites créatures aux dents acérées ont sauté sur moi, et l'une d'elles, plus grande que les autres, m'a interrogée. J'ai lutté; alors, ils m'ont enfoncé leurs griffes dans la peau, sur les jambes et sur les bras. Je leur ai juré que le livre n'était pas là, que mon père l'avait pris avec lui: rien n'y a fait. Avant cette nuit-là, j'avais un dos normal; depuis, je marche voûtée. Quant à Melvina... Les marques, c'est la goutte d'eau qui a fait déborder le vase. Elle a supposé que je m'automutilais; elle a paniqué... et elle m'a envoyée ici.

L'une des fées voleta et posa un morceau de fruit sur la couverture, près de Simon. Jared battit des paupières. L'histoire l'avait tellement captivé qu'il avait presque oublié la présence des créatures. Le fruit exhalait une odeur d'herbe fraîche et de miel. Sous une peau très fine, Jared apercevait la chair sanguine. Quand Lucinda l'aperçut, ses lèvres frémirent.

— C'est pour vous, susurrèrent les fées en chœur.

Simon prit le fruit entre ses doigts.

— Tu ne vas pas le manger, hein ? murmura Jared, qui salivait rien qu'à la vue du morceau.

— Pfff ! Pour qui tu me prends ? rétorqua son jumeau en haussant les épaules.

L'éclat de convoitise dans ses yeux contredisait ses paroles.

— Ne fais pas ça ! ordonna Mallory.

Simon approcha le fruit de sa bouche.

— Une bouchée, lâcha-t-il d'une voix douce. Rien qu'une petite bouchée… Ça ne peut pas faire de mal.

La main de Lucinda bondit, arracha le fruit des doigts de Simon, et le fit disparaître dans sa propre bouche.

— Hé ! s'écria Simon en sursautant.

Puis il regarda autour de lui, l'air perdu.

— Qu'est-ce qui m'est arrivé ? demanda-t-il.

— Les fées t'ont joué un tour, annonça Tante Lucy. Elles ne sont pas méchantes. Elles ne se rendent pas compte. À leurs yeux, c'est juste de la nourriture comme n'importe quelle autre.

Jared fixa les créatures. Il n'était pas aussi sûr que sa grand-tante de leur innocence.

— Enfin, dit la vieille femme, maintenant, vous comprenez pourquoi la maison est trop dangereuse pour vous. Il faut que vous expliquiez à votre mère que vous devez partir. S'*ils* sont au courant de votre présence, ils penseront que vous avez le livre, et ils ne vous laisseront jamais en paix.

— Mais nous avons le *Guide*, annonça Jared. C'est à cause de lui que nous sommes venus vous voir.

Tante Lucy ouvrit de grands yeux :

— Vous… vous avez trouvé le livre ?

— Oui ! Grâce aux indices que nous avons repérés dans la bibliothèque secrète.

— N'empêche que Tante Lucy aussi pense qu'il faut se débarrasser de ton grimoire, intervint Mallory.

Lucinda était blême.

— Si… si vous avez vraiment le… le livre, bégaya-t-elle, vous devez partir sur-le-champ. Sur-le-champ, vous m'entendez !

Jared ouvrit son sac à dos :

— Tenez, regardez, je l'ai apporté…

Il défit le linge qui protégeait l'objet… et révéla au grand jour un vieux manuel de cuisine : *Magie au micro-ondes* !

— C'est toi ! hurla Jared en sautant sur sa grande sœur. C'est toi qui as volé le *Guide* !

Dans la bibliothèque d'Arthur Spiderwick

Chapitre quatrième

Où les enfants Grace cherchent un ami

Le poing de Jared n'atteignit jamais Mallory. Simon avait retenu le bras de son jumeau, tandis que la jeune fille jurait qu'elle n'avait pas touché au *Guide* d'Arthur Spiderwick. Les cris de Jared avaient attiré leur mère, qui était rentrée avec l'aide-soignante.

— Tu me fais honte, Jared ! avait sifflé leur mère en regagnant la voiture. Encore un peu, et c'est toi qu'il faudrait enfermer…

À présent, Jared pleurait malgré lui, le visage tourné vers l'extérieur pour tenter de dissimuler ses larmes. Soudain, il sentit la main de Simon sur son épaule. La voix de son frère s'éleva :

— Jared…

— Quoi ?

— Peut-être que Mallory n'y est pour rien… Peut-être que c'est Chafouin, le coupable…

Jared se raidit. Simon avait peut-être raison. La disparition du livre devait être le dernier coup fourré en date du farfadet. À l'heure qu'il était, ce diable de lutin était sans doute en train de savourer sa vengeance.

Un frisson glacé parcourut le garçon. Pourquoi n'avait-il pas pensé plus tôt à Chafouin ? Parfois, il se mettait tellement en colère qu'il perdait le contrôle de son esprit. Il ne maîtrisait plus son corps : c'était son corps qui le maîtrisait. Et c'était très inquiétant…

Lorsqu'ils arrivèrent au manoir, Jared resta dehors, sur les marches de la maison, la tête basse. Mallory s'assit près de lui.

— Je n'ai pas volé le *Guide*, dit-elle. Tu te souviens quand on t'a cru ? Eh bien, à ton tour de me faire confiance…

— Je sais, répondit Jared. Ça doit être Chafouin. Excuse-moi.

— Tu crois que c'est le farfadet qui…

— Oui. Simon m'a soufflé cette idée : c'est bien dans son genre !

— Ne t'inquiète pas, Jared ! lança son jumeau en le rejoignant. On le retrouvera.

Mallory tira sur le col de son pull-over, où un fil se défaisait.

— À mon avis, le perdre est la meilleure chose qui pouvait nous arriver ! suggéra-t-elle.

— Non, pas du tout ! protesta Jared. Comment oses-tu dire ça ? Il n'y a pas moyen de restituer ce que nous n'avons plus ! Les fées n'ont pas cru Lucinda quand elle a dit qu'elle n'avait pas le livre… Pourquoi nous croiraient-elles, nous ?

La jeune fille ne trouva rien à répondre.

— J'ai pensé à un truc, commença Simon. Tante Lucy a affirmé que son père l'avait abandonnée, d'accord ? Pourtant, le *Guide* était dans la maison. Or, elle affirme qu'il ne s'en serait jamais séparé… Donc, peut-être n'est-il pas parti de son plein gré !

— Alors, comment expliquer que nous ayons trouvé le livre ? demanda Jared. Si les fées l'avaient capturé, elles l'auraient probablement forcé à révéler sa cachette.

— À moins qu'il n'ait fui avant que les fées ne l'attrapent, avança Mallory. Lucy a été punie à sa place ! Il l'a laissée entre les mains de la grande créature verte dont elle a parlé…

— Arthur n'aurait pas fait ça ! affirma Jared, en espérant qu'il ne se trompait pas.

Simon se mit debout :

— Bon, on ne va pas avoir le fin mot de l'affaire dans l'immédiat. Autant aller voir Byron. Il doit avoir besoin qu'on le nourrisse… et puis, ça nous changera les idées.

Mallory ricana :

— C'est clair, rendre visite à un griffon, il n'y a rien de tel pour oublier ces histoires de créatures surnaturelles…

Jared esquissa un sourire. Le garçon pensait encore au livre. À Lucinda. À Arthur. À cette colère qui, par moments, prenait possession de lui…

— Excuse-moi d'avoir voulu te frapper, dit-il.

Mallory lui ébouriffa les cheveux avec une moue de dédain :

— Pfff… De toute façon, tu frappes comme une fillette…

— Menteuse ! s'exclama Jared.

Cependant, cette fois, il souriait largement.

Avant d'aller à l'écurie, les enfants passèrent se ravitailler à la cuisine. Sur la table, contre la cruche qui servait de vase, un papier jauni était posé. Une écriture que Jared connaissait y avait tracé ces mots :

« On se croit très intelligent…
Et on est bête, bête, bête !

Byron dormait.

Puisque j'ai le livre, à présent,
Je peux n'en faire qu'à ma tête :
Ou bien le cacher dans un coin…
Ou le brûler…

… Signé : Chafouin ! »

— On n'en a pas fini avec lui ! constata Simon.

Jared était partagé entre l'horreur et le soulagement. Il savait où était passé le livre ; mais comment savoir quel sort comptait lui réserver Chafouin…

— Il faut négocier ! trancha Mallory. Donnons-lui les osselets et les billes de Lucinda, en signe de réconciliation.

— Je vais lui mettre un mot avec, déclara Simon.

— Qu'est-ce que tu lui écris ? s'enquit Mallory.

— « Désolé pour ce qui s'est passé. »

Jared eut un rictus sceptique :

— Ça m'étonnerait que le mot et les vieux jouets lui suffisent.

— Il ne va pas rester en colère toute sa vie, hein ? rétorqua Simon.

« Et pourquoi pas ? » pensa Jared…

Byron dormait quand ils entrèrent dans l'écurie. Ses flancs couverts de plumes se soulevaient à chaque respiration. Ses paupières serrées frémissaient. Simon suggéra qu'il valait mieux ne pas le réveiller. Ils laissèrent donc à portée de son bec la viande qu'ils avaient subtilisée à la cuisine, puis ils rentrèrent à la maison.

Mallory proposa de faire un jeu, mais Jared était trop stressé. Où donc Chafouin avait-il pu cacher le livre ? Il arpenta le salon pour calmer ses nerfs et agiter ses neurones.

Peut-être le dernier mot du farfadet contenait-il une énigme... Peut-être Chafouin y avait-il glissé un indice... Mais Jared avait beau tourner et retourner le message dans sa tête, il n'était pas plus avancé !

— Le livre n'est sans doute pas dans les murs, jugea Mallory. Il est trop gros. Chafouin n'a pas pu le cacher là...

— Il y a plein de pièces où nous ne sommes jamais entrés, signala Simon. Plein d'endroits où nous n'aurions pas pensé trouver le *Guide*...

— Exactement ! s'écria Jared en se dirigeant vers l'escalier. Il pourrait très bien être sous nos yeux !

— Explique-toi ! exigea Mallory.

— Je pensais à la bibliothèque d'Arthur. Il y a tant de livres dedans que nous n'aurions pas l'idée d'y chercher le *Guide*…

— Hé ! Pas bête ! reconnut la jeune fille.

— En plus, renchérit Simon, si le livre d'Arthur Spiderwick n'est pas là, on trouvera peut-être autre chose d'instructif…

Les enfants Grace gravirent les marches et entrèrent dans la penderie du premier étage. Sous l'étagère la plus basse se dissimulait un passage secret, qui donnait sur la bibliothèque de leur arrière-grand-oncle. Les murs étaient couverts de livres, sauf à l'endroit où trônait un portrait d'Arthur Spiderwick.

Il ne lui trouvait plus l'air gentil.

Jared, Mallory et Simon étaient souvent venus dans cette pièce. Cependant, la plupart des étagères étaient encore poussiéreuses : ils n'avaient pas beaucoup étudié les ouvrages qui étaient conservés ici.

— Par où commence-t-on ? demanda Simon.

— Occupe-toi du bureau, décida Mallory. Jared, tu prends cette étagère-ci ; je me charge de celle-là.

Jared acquiesça et se mit au travail. Les livres avaient des titres aussi bizarres que dans son souvenir : *Physiognomonie des ailes*, *De l'impact des écailles sur la musculature*, *Venins des mondes*, *Précis de dragonnologie*... La première fois qu'il avait jeté un œil sur ces livres, il était ébahi. Pas aujourd'hui.

Il se sentait trop engourdi, dépassé par l'enchaînement des événements. Le *Guide* avait disparu ; Chafouin le haïssait ; Arthur n'était pas aussi parfait qu'il l'avait imaginé. Jared avait tout faux. Quant au monde magique, il paraissait merveilleux au début; en réalité, il était aussi décevant que l'autre, le « vrai ».

Le garçon regarda le tableau d'Arthur Spiderwick. Il ne trouvait même plus que son oncle avait l'air gentil. Il ne voyait qu'un homme avec des lèvres fines, un pli d'agacement entre les sourcils. Et si, déjà, à l'époque, il avait envisagé d'abandonner sa famille ?

La vue de Jared se brouilla. Ses yeux brûlèrent. C'est idiot de pleurer à cause de

Les garçons s'accroupirent.

quelqu'un qu'on ne connaît même pas ; mais quand on ne peut pas s'en empêcher…

— Oh ! lâcha Simon. Je n'avais pas vu ça…

Jared s'essuya les yeux avec sa manche et ordonna :

— Jette ce papier !

— Mais c'est vachement bien ! On dirait papa !

Ah, quelle idée stupide Jared avait eue, le jour où il avait décidé d'apprendre à dessiner. Grâce à cela, il avait déjà récolté de sérieux ennuis à l'école[1]. Il se précipita sur son essai et le chiffonna entre ses poings.

— Hé, les garçons ! Venez voir ça ! s'écria Mallory, qui tenait dans les mains un long tube métallique.

1. Lire, du même auteur, dans la même collection, *La Lunette de pierre*, t. 2.

— Regardez ! insista-t-elle.

Elle s'agenouilla, ouvrit le tube et en sortit un rouleau. Les garçons s'accroupirent à ses côtés. Le rouleau était une carte du voisinage, peinte à l'aquarelle. La carte datait : aujourd'hui, il y avait plus de maisons et plus de routes… Qu'importe : l'ensemble était très reconnaissable. Par contre, la légende était surprenante.

Ainsi, derrière leur maison, un cercle entourait un morceau de forêt, avec ce commentaire : « TERRITOIRE DE CHASSE DU TROLL ».

— Si seulement on avait trouvé cette carte avant ! grogna Mallory.

Le long d'un morceau de route, près de la vieille carrière désaffectée, il était écrit : « NAINS ? ». Sur un arbre, à proximité de la maison, on lisait : « LUTINS ».

Le plus étrange, c'était une note griffonnée en vitesse (les lettres étaient moins bien formées) à la lisière de la maison : « Le 14 septembre, à cinq heures. Apporter le livre en l'état. »

— Vous y comprenez quelque chose ? demanda Simon.

— « Le livre », c'est peut-être le *Guide* d'Arthur Spiderwick ? risqua Jared.

— Sauf que nous avons trouvé le *Guide* dans la maison, rappela Mallory.

Ils se regardèrent un moment en silence.

— On sait quand Arthur a disparu ? finit par s'enquérir Jared.

— Tante Lucy est sans doute la seule à se le rappeler, suggéra Simon.

— Deux solutions, dit Mallory. Ou Arthur est allé au rendez-vous, et il n'en est jamais revenu ; ou il a fui pour ne pas y assister... Cela expliquerait que les créatures aient été furieuses contre Lucinda.

— Nous devons montrer notre découverte à Tante Lucy ! s'exclama Jared.

Sa sœur secoua la tête :

— Pourquoi ? Ça ne prouve rien ; ça risque juste de l'inquiéter un peu plus pour nous.

— Mais peut-être Arthur n'a-t-il jamais voulu l'abandonner, insista le garçon. Vous ne pensez pas qu'elle a le droit de le savoir ?

— Allons voir sur place nous-mêmes ! suggéra Simon. Nous n'avons qu'à suivre la carte. Avec de la chance, nous dénicherons un indice qui nous montrera ce qui s'est passé.

Jared hésita. Il avait envie d'y aller. Il avait même failli le suggérer lui-même. Simon lui avait ôté les mots de la bouche. Et pourtant... que feraient-ils si c'était un piège ?

— Suivre la carte serait particulièrement idiot, trancha Mallory. Surtout si nous soupçonnons qu'il est arrivé quelque chose là-bas...

— La carte est hyper vieille ! protesta Simon. Qu'est-ce qu'on risque ?

La jeune fille prit une voix grave :

— Ainsi parla pour la dernière fois le jeune Simon Grace, avant de disparaître pour toujours…

Néanmoins, la mine pensive, elle suivait du doigt la route des collines.

— Si nous n'y allons pas, nous ne saurons jamais ce qui s'est passé, souffla Jared.

Mallory soupira :

— D'accord, d'accord ! On peut sortir tant qu'il fait jour. Mais, à la première bizarrerie, on revient sur nos pas. Marché conclu ?

— Marché conclu, dit Jared en souriant.

Simon entreprit de rouler la carte.

— Marché conclu, promit-il à son tour.

Une brise estivale soufflait sur la colline.

Chapitre cinquième

Où l'on trouvera maintes énigmes et fort peu de réponses

À la grande surprise (et au grand soulagement) de Jared, leur mère leur permit de sortir se promener. À une condition : qu'ils soient rentrés avant la tombée de la nuit. Les enfants promirent de lui obéir.

Mallory emporta son épée d'escrimeuse ; Jared prit son sac à dos et un nouveau carnet de notes ; et Simon s'empara d'un filet à papillons qu'il avait trouvé dans la bibliothèque secrète.

— Pourquoi tu t'encombres de ce truc ?

demanda Mallory tandis qu'ils traversaient la route Dulac.

— Pour attraper des choses, répondit Simon en fuyant son regard.

— Des *choses* ? Quelles *choses* ? Tu n'as pas assez de bestioles comme ça ?

Simon ne répondit pas.

— Ramène encore une créature, et je la donne en pâtée à Byron, l'avertit Mallory.

— Bon, on prend par où ? demanda Jared pour faire diversion.

— Par là, dit Simon après avoir étudié la carte.

Les enfants Grace gravirent une colline escarpée. Les rares arbres avaient poussé penchés, entre des touffes d'herbe et des rochers couverts de mousse. Pendant un long moment, les explorateurs se contentèrent de grimper sans vraiment parler. Jared pensa que ce serait sympa de venir crayonner ici, une autre fois ; puis il se souvint qu'il avait abandonné le dessin !

Lorsqu'ils parvinrent près du sommet de la colline, la route s'aplanit et le bois s'épaissit.

— Et maintenant, c'est vers où ? demanda Jared.

Simon agita la carte devant lui :

— Par là.

Mallory acquiesça, comme si elle ne trouvait pas bizarre de revenir sur ses pas, ainsi que le proposait son frère.

— Tu es sûr ? s'étonna Jared. Ça me paraît étrange…

— Je suis sûr et certain, confirma son jumeau.

À cet instant, une brise d'été souffla sur la colline, et Jared crut percevoir des rires qui montaient de sous ses pieds. Il trébucha, manquant de tomber.

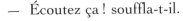

— Écoutez ça! souffla-t-il.

— Quoi, « ça » ? s'enquit Simon, lançant des coups d'œil inquiets autour de lui.

Jared haussa les épaules:

— Non, rien…

Il était sûr d'avoir entendu quelque chose; mais, à présent, le silence était revenu…

Les enfants Grace se remirent en route. Un peu plus loin, Simon bifurqua de nouveau: après être redescendu, il remontait et prenait sur sa droite. Mallory suivait, docile.

— Et on va où, maintenant? demanda pour la troisième fois Jared.

Ils continuaient de monter dans une direction qui semblait être la bonne, mais ils avaient tellement zigzagué que Jared n'était plus convaincu de bien se repérer sur la carte.

— Je sais ce que je fais, affirma Simon, qui ne paraissait pas dans son état normal.

Mallory était toujours douce comme un agneau, ce qui n'était pas non plus son état normal. Jared était méfiant. D'autant que le chemin sinueux qu'ils avaient suivi ne lui inspirait plus confiance. Il aurait aimé avoir le *Guide* avec lui. Il se souvint d'y avoir lu un passage sur les gens qui se perdaient, même très près de chez eux...

Le garçon donna un coup de pied dans l'herbe devant lui. Un petit brin d'herbe s'écarta d'une façon étrange. Jared sursauta. Il se

LE KOBOLD

rappela qu'il existait une entrée « Brin d'herbe » dans le *Guide*. Soudain, il fut persuadé qu'il était le seul à avoir remarqué qu'ils s'étaient trompés de direction !

— Simon, Mallory ! lança-t-il. Mettez vos sweats à l'envers !

— Pas la peine, grogna son frère. Je connais la route. Pourquoi tu te crois toujours obligé de faire ton chef ?

— Les fées nous ont tendu un piège ! Elles nous ont ensorcelés !

— Arrête ton cirque, grommela Simon. Pour une fois, tu me suis, point à la ligne.

— Je te jure que…

— NON ! Tu n'as pas entendu ? J'ai dit :
non, non et non !

Jared attrapa son jumeau par le bras ; tous
deux roulèrent au sol. Jared tenta d'arracher le
sweat de Simon, mais celui-ci s'y accrochait de
toutes ses forces.

— Arrêtez ! intervint Mallory en les sépa-
rant.

Et ce fut elle qui entreprit de mettre le sweat
de Simon à l'envers. Jared remarqua qu'elle
venait de faire de même pour elle.

Simon eut une drôle de grimace quand sa
sœur lui eut enfilé son vêtement dans le mauvais sens.

— Wouah ! lâcha-t-il. Où est-on ?

Un éclat de rire retentit au-dessus des enfants.

— Là où peu d'humains ont réussi à se

« Peu d'humains parviennent jusqu'ici. »

rendre… ou à se perdre, ça dépend, répondit une créature perchée sur un arbre.

Elle avait un corps de singe avec un poil ras, brun foncé tacheté, et une longue queue qu'elle avait enroulée autour de la branche sur laquelle elle était assise. Un petit collier de fourrure encadrait son cou. Quant à sa tête, on aurait dit celle d'un lapin : elle avait de grandes oreilles et des moustaches.

— Ça dépend de quoi ? voulut savoir Jared, partagé entre l'amusement et l'anxiété.

D'un coup, la créature fit pivoter sa tête de haut en bas ! À présent, ses oreilles reposaient sur son ventre, et son menton pointait vers le ciel.

— Être intelligent, c'est agir intelligemment, lâcha-t-elle, mystérieuse.

Jared sursauta. Mallory tira son épée devant elle et cria :

— Restez où vous êtes !

— Diantre, un monstre avec une épée !
siffla la créature en remettant sa tête à l'endroit.
Sûrement un monstre en colère. Pourtant, les
épées, c'est dépassé depuis longtemps !

— Nous ne sommes pas des monstres ! protesta Jared.

— Ah bon ? Et qu'êtes-vous donc ?

— Des humains. Je suis un garçon. Et elle,
c'est ma sœur. Une fille.

— Tu te moques de moi ! Cette fille n'en est
pas une : elle ne porte pas de robe.

— Les robes, c'est dépassé depuis longtemps, persifla Mallory.

— Nous avons répondu à tes questions, dit
Jared. À ton tour : qu'es-tu, toi ?

— Un Chien noir de la Nuit, déclara pom-
peusement la créature, avant de renverser sa
tête et de regarder ses interlocuteurs d'un seul
œil. Un imbécile, ou peut-être juste un lutin…

— Qu'est-ce que ça signifie ? siffla Mallory, agacée. Il est stupide.

— Je crois que c'est un kobold ! signala Jared. Il peut prendre plusieurs formes, et…

— Est-il dangereux ? coupa sa sœur.

— Très, dit le kobold en hochant la tête avec vigueur.

— Je ne sais pas trop, murmura Jared.

Il s'éclaircit la gorge puis s'adressa à la créature :

— Nous recherchons notre grand-oncle…

— Vous l'avez perdu ? Quelle bande d'étourdis vous faites !

Jared soupira et essaya de déterminer si le kobold était aussi fou qu'il voulait bien le paraître.

— En fait, reprit-il, il a disparu il y a très, très longtemps. Presque soixante-dix ans ! Nous aimerions juste savoir ce qui lui est arrivé…

— Tout le monde peut vivre éternellement,

répondit la créature, toujours énigmatique. Il
suffit de ne pas mourir. Mais je crois savoir que
les humains vivent plus longtemps en captivité
qu'en liberté.

— Quoi ?

— Quand on cherche quelque chose, il faut
être sûr de vouloir le trouver, lâcha le kobold en
guise de réponse.

— On laisse tomber, décida Mallory. Il me
fatigue.

— Demandons-lui au moins ce qu'il y a un
peu plus loin, proposa Simon.

La jeune fille roula les yeux :

— Comme s'il allait se mettre à parler nor-
malement !

Son frère l'ignora et tenta sa chance.

— Pouvez-vous nous dire ce qu'on trouve,
là-bas, s'il vous plaît ? Nous suivions notre

carte avant d'être désorientés par ces herbes mouvantes…

— Si l'herbe peut bouger, un garçon, lui, peut prendre racine.

— Arrêtez ça ! supplia Mallory à l'adresse de ses frères. À quoi ça sert de parler avec lui ?

— Vous trouverez des elfes, si les elfes ne vous trouvent pas, lâcha le kobold qui fixa la jeune fille droit dans les yeux. Comment être plus direct qu'en vous dirigeant directement dans la direction des elfes ?

Ils s'arrêtèrent dans une clairière.

— Que veulent-ils, ces elfes ? s'enquit Jared.

— Ils veulent ce que vous avez ; et ils ont ce que vous voulez, répondit le kobold.

Mallory poussa un grognement.

— Nous avions dit que nous ferions demi-tour à la première bizarrerie, rappela-t-elle en désignant le kobold avec sa rapière. Et, dans le genre bizarrerie, on est servis non ?

— Il est bizarre, admit Jared, mais pas méchant. On continue un peu ?

— Je ne sais pas… Et si nous nous perdions ?

— Le kobold affirme que les elfes ont ce que nous voulons.

— Ce serait dommage de renoncer maintenant, renchérit Simon. Nous sommes si proches du but !

La jeune fille rendit les armes :

— Je n'aime pas ça ! J'espère au moins que

nous leur tomberons dessus sans qu'ils nous aperçoivent…

Ils commencèrent à redescendre la colline pour rejoindre la route, quand la voix du kobold s'éleva :

— Attendez ! J'ai quelque chose à vous dire !

Ils se retournèrent.

— Quoi ? demanda Jared.

— Boulou-boulou-boulou-bouh, articula la créature.

— C'est tout ?

— Non, non...

— Quoi, alors ?

— Ce qu'un auteur ignore pourrait remplir un livre, répondit le kobold.

Et, sur ce, son corps s'éleva et disparut dans la ramure.

Les enfants Grace descendirent la colline lentement. Au fur et à mesure que les bois devenaient plus denses, ils remarquèrent que le silence aussi s'épaississait. Les oiseaux ne chantaient plus dans les branches. Les seuls sons étaient dus au bruissement de l'herbe et au craquement des brindilles sous leurs pieds.

Les trois explorateurs s'arrêtèrent dans une clairière bordée d'arbres. Au milieu poussait un petit arbuste épineux, entouré de gros champignons vénéneux rouge et blanc.

— Beurk, commenta Jared.

— Bon, j'ai eu mon compte de bizarreries, déclara Mallory. On rentre.

Mais, au moment où ils s'apprêtaient à partir, les branches des arbres s'enlacèrent entre elles, dressant une prison de feuillage infranchissable.

— Et mince ! s'exclama la jeune fille.

Trois elfes s'avancèrent vers les enfants.

Chapitre sixième

Où Jared accomplit la prophétie du kobold

Soudain, les branches s'écartèrent, et trois êtres extraordinaires s'avancèrent vers les enfants. Ils avaient la taille de Mallory. Leur peau constellée de taches de rousseur étaient brunie par le soleil. Des elfes !

Le premier d'entre eux, au centre, était une femme aux yeux vert émeraude ; elle avait une chevelure de même couleur, luisante et emmêlée, qui couvrait ses épaules et ses tempes. Des feuilles se mêlaient à sa coiffure. À sa gauche se dressait un homme qui semblait avoir des petites cornes le long de ses sourcils. Sa peau était d'un vert plus profond que celui de la femme. Il tenait un bâton noueux entre ses mains, qui faisait office de lampe. À la droite de la femme, le troisième elfe avait une épaisse tignasse rouge mêlée à des baies de même couleur. Son visage était hérissé de part et d'autre de deux grandes feuilles. Il avait la peau marron, tachetée de rouge au niveau de la gorge.

— C'est ça, des elfes ? demanda Simon.

— Personne n'avait suivi ce sentier depuis fort longtemps, dit l'elfe aux yeux verts, avec le menton haut de celle qui a l'habitude d'être obéie. En général, on ne vient ici que par hasard… Mais ceux-là, non. Curieux…

— C'est la faute à l'herbe mouvante, murmura Jared à son jumeau.

— Ils doivent l'avoir, affirma l'elfe aux cheveux rouges. Sinon, ils n'auraient jamais trouvé

le chemin ; et ils n'auraient
pas non plus réussi à le
suivre jusqu'au bout.

Il se tourna vers
les intrus :

— Je m'appelle
Lorengorm. Nous
sommes prêts à
négocier avec vous.

— Négocier ?
répéta Jared en espé-
rant que sa voix ne
tremblerait pas.

L'ELFE DES BOIS

Les créatures en face de
lui étaient magnifiques ; cependant, la seule
émotion qu'il lisait sur leur visage était une
espèce de faim étrange et implacable.

— Vous voulez votre liberté, expliqua l'elfe
qui paraissait cornu.

Jared s'aperçut que, en réalité, il n'avait pas des cornes… mais des feuilles.

— …nous voulons le livre d'Arthur, conclut la créature.

— Et vous comptez nous libérer en échange ? intervint Mallory. Mais de quoi ?

— Eh bien, de cela ! répliqua l'elfe en désignant l'entrelacs des branches avec un mauvais sourire. Sinon, nous vous offrirons notre hospitalité jusqu'à ce que vous vous en lassiez.

— Arthur ne vous a pas remis le livre, protesta Jared. Pourquoi vous le donnerions-nous ?

— Nous savons depuis longtemps que les humains sont brutaux, répondit l'elfe feuillu. Par chance, jadis, ils étaient ignorants. À présent, grâce à vous, nous aimerions protéger notre existence de vos semblables.

Il y eut un bref silence.

— Nous ne pouvons pas vous accorder notre confiance, insista Lorengorm dont les yeux lançaient des éclairs. Vous abattez les forêts, empoison-  nez les rivières, chassez les griffons des cieux et les serpents des mers. Imaginez ce que vous nous infligeriez si vous connaissiez nos faiblesses.

— Mais nous n'avons jamais rien fait de mal, *nous* ! objecta Simon.

— En plus, personne ne croit plus aux fées, ni aux elfes, de nos jours, ajouta son jumeau.

Puis il pensa à Lucinda, et il précisa :

— Ou alors, on le prend pour un fou…

— C'est dépassé depuis longtemps, ce genre de croyances, ironisa Mallory.

Le rire caverneux de Lorengorm retentit :

— Il ne reste plus guère de fées ni d'elfes pour croire en l'être humain. Nous avons élu domicile dans les rares forêts qui n'ont pas encore été détruites. Mais bientôt, même elles disparaîtront.

L'elfe aux yeux émeraude leva une main vers le mur de branches.

— Je vais vous montrer, déclara-t-elle.

Jared aperçut une multitude d'êtres fée-riques de toutes sortes, assis autour des arbres, qui regardaient les intrus par les interstices des branchages. Leurs pupilles noires brillaient, leurs ailes bourdonnaient, et leurs petites bouches s'agitaient; cependant, aucune ne s'aventurait dans la clairière. Les enfants avaient l'impression de passer en jugement; les elfes jouaient le rôle de magistrats et de jurés.

Et soudain, quelques branches s'ouvrirent, cédant le passage à une nouvelle créature. Blanche, de la taille d'un daim, elle avait une fourrure couleur d'ivoire et une longue crinière qui retombait en mèches. Une immense corne sortait de son front et paraissait redoutablement pointue. C'était une licorne.

Elle leva la tête et huma l'air. Tandis qu'elle s'avançait vers les enfants, le silence redevint total. Même les pas de la créature ne faisaient aucun bruit.

Elle se mit à trembler de tout son corps.

Mallory se dirigea vers l'animal qui ne semblait pas le moins du monde apprivoisé. La tête légèrement baissée, la jeune fille tendit une main. Jared voulut la retenir :

— Mallory, ne...

Il s'interrompit. Sa sœur ne l'écoutait pas : elle flattait les flancs de la licorne, qui s'était figée. Jared retint son souffle lorsque la jeune fille passa sa main dans la crinière de l'animal. À ce moment-là, la corne de la créature toucha son front, et Mallory se mit à trembler. Ses yeux se fermèrent. Comme dans un rêve, elle tomba à genoux. Jared se précipita à son secours. Simon était tout près de lui.

Lorsque le garçon toucha Mallory, il partagea sa vision...

Partout, le silence.

Des buissons de cassis. Des hommes à cheval. Des chiens tirant la langue. Un halo blanc. Et la licorne qui bondit dans une clairière.

Ses jambes sont noires de boue. Des flèches volent. S'enfoncent dans sa chair. La licorne hurle et s'effondre sous un nuage de feuilles.

Les crocs des chiens déchirent sa chair. Avec un coutelas, un homme tranche la corne de l'animal qui bouge encore.

Les images s'accélérèrent et devinrent plus décousues…

Une fillette portant une robe aux couleurs fanées. Des chasseurs, non loin. La fillette serre la licorne contre elle. Une flèche se fiche en elle et la fait tomber. Son bras pâle reste serré contre le flanc blême de l'animal. Ni l'une ni l'autre ne bougent.

Puis des centaines de cornes transformées en verres de luxe. D'autres pilées et broyées pour fabriquer des

charmes et des poudres. Une pile de peaux blanches couvertes de sang, autour desquelles bourdonnent des mouches noires…

Jared s'extirpa de sa vision l'estomac noué. Pressée contre la créature, Mallory pleurait. Ses larmes assombrissaient le pelage blanc de l'animal. Simon posa une main hésitante sur l'encolure de la licorne.

Celle-ci avança la tête et effleura les cheveux de Mallory avec ses lèvres.

— Elle a l'air de t'apprécier, constata Simon.

Il était un peu vexé. En général, c'était lui que les animaux appréciaient. Derrière ses larmes, Mallory sourit :

— Je suis une fille.

— Nous savons ce que vous avez vu, affirma l'elfe feuillu. Vous comprenez comme les humains peuvent être dangereux pour nous ! Donnez-nous le *Guide*. Il doit être détruit.

— Et les gobelins ? demanda Jared.

— Quoi, les gobelins ? Ils adorent votre monde. Vos machines et vos poisons sont du pain bénit pour eux.

— Vous ne les aimez pas ? Pourtant, ça ne

vous a pas empêchés de vous servir d'eux pour nous voler le livre !

— Nous, nous servir d'eux ? se récria l'elfe aux yeux verts, un rictus furieux sur le visage. Vous croyez que nous utiliserions de tels messagers ? C'est Mulgarath qui les commande !

— Qui c'est, ce Mulgarath ? s'enquit Mallory sans cesser de caresser machinalement la licorne.

— Un ogre, expliqua Lorengorm. Il a rassemblé des gobelins autour de lui, et il a signé des pactes avec les nains. Nous pensons qu'il veut récupérer le *Guide* d'Arthur Spiderwick pour lui tout seul.

— Pourquoi ? Que risque-t-il ? Ce livre ne vous apprendrait rien sur les ogres !

Les elfes échangèrent des coups d'œil gênés. Finalement, l'elfe feuillu parla :

— Nous sommes des artistes. Nous ne sentons pas la nécessité d'explorer chaque élément pour voir de quoi il est fait. Les études menées par Arthur Spiderwick, nul d'entre nous ne les a entreprises.

L'elfe aux yeux d'émeraude posa une main sur l'épaule de l'elfe feuillu.

— Ce qu'il veut dire, c'est que le *Guide* peut contenir des informations dont nous ne disposons pas, traduisit-elle.

— Donc vous n'avez pas vraiment peur que les humains ne mettent la main sur le *Guide*, conclut Jared. Vous voulez seulement en priver Mulgarath !

— Ce livre est dangereux, quel que soit celui qui l'a entre les mains. Il contient trop de connaissances. Donnez-le-nous. Il sera détruit et vous serez récompensés.

Jared écarta les bras :

— Nous ne l'avons pas. Même si nous voulions vous le donner, nous ne pourrions pas.

L'elfe feuillu secoua la tête et frappa son bâton contre le sol.

— Vous mentez ! cria-t-il.

— Non, c'est la vérité, affirma Mallory. Nous ne l'avons pas.

— Alors, où est-il passé ? demanda Lorengorm en levant un sourcil rouge vif.

— Nous pensons que le farfadet de la maison s'en est emparé, dit Simon. Mais ce n'est pas sûr.

L'elfe aux yeux verts manqua de s'étouffer :

— Vous... vous l'avez perdu ?

— Chafouin a dû le voler, murmura Jared.

— Nous avons essayé d'être raisonnables, siffla l'elfe feuillu. Et, une fois de plus, les humains se révèlent indignes de notre confiance !

— Indignes de votre confiance ? répéta Jared. Qu'est-ce qui nous prouve que vous êtes dignes de la nôtre ?

Il prit la carte des mains de Simon et la montra aux elfes.

— Nous avons trouvé ceci, annonça-t-il. Une carte signée Arthur Spiderwick. Il semble qu'il soit venu ici et qu'il vous ait rencontrés. Je veux savoir ce qu'il est devenu après.

— Nous avons parlé avec Arthur, reconnut l'elfe feuillu. Il a essayé de nous berner. Il avait juré qu'il avait détruit le *Guide*, et il est venu nous voir avec un sac plein de cendres et de papiers noircis par les flammes. Mais il avait menti. C'est un autre livre qu'il avait brûlé, pour ne pas toucher au *Guide* !

— Nous honorons notre parole, affirma l'elfe aux yeux verts. Amères ou heureuses, nous remplissons nos promesses. Nous n'avons aucune pitié pour ceux qui se moquent de nous.

— Qu'avez-vous fait d'Arthur ? demanda Jared.

— Nous l'avons empêché d'aggraver le mal qu'il avait commis, répondit son interlocutrice.

— Et voilà que vous êtes venus, compléta l'elfe feuillu. C'est donc vous qui nous restituerez le *Guide*.

Lorengorm agita une main, et des racines montèrent du sol. Jared poussa un cri, qui fut étouffé par le craquement des branches et le froufroutement des feuilles. Autour de la clairière, les arbres se désenlaçaient ; leurs branches reprenaient leur forme naturelle. Par contre, des racines velues et sales emprisonnaient Jared aux jambes. Le kobold avait raison : l'herbe pouvait bouger ; et Jared, lui, avait pris racine.

L'elfe feuillu se tourna vers Mallory et Simon :

— Apportez-nous le *Guide*, ou votre frère ne quittera plus jamais le royaume des fées.

Jared n'en doutait pas une seconde : cette promesse, l'elfe la tiendrait.

« *Au secours, Jared !* » cria Jared.

Chapitre septième

Où, en fin de compte, Jared n'est pas mécontent d'avoir un jumeau

Mallory tira sa rapière ; Simon brandit son filet à papillons. La licorne secoua sa belle crinière et, galopant sans bruit, disparut dans les profondeurs de la forêt.

— Oh-ho ! s'exclama l'elfe feuillu. Voilà donc le vrai caractère des humains !

— Libérez mon frère ! cria Mallory.

Et, soudain, Jared eut une idée brillante.

— *Jared*, au secours ! lança-t-il, en espérant que sa sœur et son jumeau comprendraient l'astuce.

Mais Simon le regarda sans comprendre. Alors, Jared insista :

— *Jared*, tu dois m'aider.

Cette fois, son frère lui sourit, et une lueur de complicité passa dans ses yeux.

— *Simon*, demanda-t-il, tu n'as pas mal ?

— Non, ça va, *Jared*, dit Jared en tirant sur les racines de toutes ses forces. Sauf que je suis bloqué…

— Nous allons revenir avec le livre, *Simon*, promit Simon, et ils seront obligés de te laisser partir !

— Non, non ! Si tu reviens, ils nous garderont en otages. Fais-leur promettre !

— Nous ne revenons jamais sur notre parole, rappela l'elfe aux yeux verts.

— Vous ne nous avez pas donné votre parole, signala Mallory, qui observait ses frères avec une perplexité croissante.

— Promettez que Jared et Mallory pourront quitter la clairière sans être inquiétés, exigea Jared. Et promettez aussi que, s'ils reviennent, vous ne les retiendrez pas contre leur gré.

La jeune fille faillit intervenir, mais elle se retint de justesse.

Les elfes observèrent les enfants Grace et hésitèrent. Lorengorm finit par acquiescer.

— Qu'il en soit ainsi. Jared et Mallory peuvent quitter la clairière sans être inquiétés. Ils ne seront pas retenus contre leur gré, ni aujourd'hui ni plus tard. S'ils ne rapportent pas le *Guide*, nous garderons Simon, leur frère. Il restera avec nous, sans que l'âge ait prise sur lui, sur cette colline, cent fois cent ans. Si, par la suite, il quittait cette clairière, au premier pas qu'il ferait, son âge lui reviendrait d'un coup.

Ils se retournèrent pour le regarder.

Le vrai Simon frissonna et se rapprocha de Mallory.

— Allez, maintenant, et ne tardez pas, dit l'elfe.

La jeune fille avait baissé son épée mais la tenait toujours à la main. Hésitant à partir, elle jeta un regard interrogatif à Jared. Celui-ci tenta de sourire, bien qu'il sût que la peur se lisait sur son visage.

Mallory se résolut à quitter la clairière à la suite de Simon. À l'orée, ils se retournèrent une dernière fois ; ensuite, ils gravirent la colline escarpée. Quelques minutes plus tard, ils avaient disparu.

— Vous devez me laisser partir, annonça alors le prisonnier.

— Et pourquoi cela ? demanda l'elfe feuillu. Tu as entendu notre promesse. Nous ne te libérerons que lorsque ton frère Jared et ta sœur Mallory nous rapporteront le livre.

— Vous avez promis de laisser partir Jared…

— Et alors ?

— Jared, c'est moi. Nous vous avons fait croire que j'étais Simon. Nous sommes jumeaux.

L'elfe feuillu s'avança vers le garçon, les mains devant lui comme des serres.

— Vous avez donné votre parole, insista Jared, pas très rassuré. Vous devez me laisser partir.

— Prouve ce que tu avances, petit, exigea l'elfe aux yeux d'émeraude, les lèvres serrées.

— Regardez ! dit le garçon.

Et il lui tendit son sac à dos, les mains tremblantes. Sur le dessus, trois lettres étaient inscrites sur le tissu rouge : J. E. G.

— Vous voyez ? Jared Evan Grace.

— Pars ! cracha l'elfe feuillu comme s'il avait proféré une malédiction. Et sois sûr que, si nous retombons sur toi et les tiens, vous regretterez d'être nés…

Sur ce, les racines tombèrent, libérant Jared, qui fila à toutes jambes sans jeter un seul coup d'œil derrière lui.

Il entendit un rire.

Lorsque Jared atteignit le sommet de la colline, il entendit quelqu'un rire. Il leva la tête ; mais le kobold était caché. Ce qui n'empêcha pas la créature de lancer :

— Je vois que tu n'as pas trouvé ton oncle. Dommage. Si tu avais été un brin moins intelligent, peut-être aurais-tu eu plus de succès…

Le garçon haussa les épaules et dévala le versant opposé de la colline si vite qu'il eut du mal à freiner sa course.

Mallory et Simon l'attendaient devant le portail en fer du domaine de Spiderwick. La jeune fille ne dit rien ; cependant, elle serra son frère contre elle. Jared ne s'y attendait pas du tout.

— J'ai mis du temps à comprendre ton

astuce ! avoua Simon, tout sourires. C'était génial !

— Merci d'être rentré dans mon jeu, répondit son jumeau.

Il ajouta :

— Sur le chemin du retour, le kobold m'a dit quelque chose.

— Encore une de ses phrases incompréhensibles ?

— Eh bien, peut-être. Il a dit que si j'avais été un brin moins intelligent, j'aurais eu une chance de retrouver mon oncle. Et vous vous souvenez que les elfes m'ont menacé de me garder au royaume des fées…

— Pas toi, « Simon » ! rectifia Simon.

— … où je ne vieillirais pas, sauf si je partais, continua Jared.

— Tu veux dire qu'Arthur est peut-être au pays des elfes ? devina son jumeau tandis qu'ils s'approchaient du manoir.

Jared acquiesça, ouvrit la porte de derrière et entra chez eux en rêvassant. Sa rencontre avec les elfes l'avait secoué ; pourtant, un sourire éclairait son visage. Peut-être Arthur n'avait-il pas abandonné sa famille. Peut-être était-il bel et bien prisonnier des elfes. Et peut-être, si le garçon avait une bonne idée, Arthur pouvait-il encore être secouru.

Soudain, il glissa, renversant Simon, qui tomba à son tour sur Mallory, qui se retrouva sur les jumeaux. Sur le sol, quelqu'un avait renversé les billes et les osselets de Tante Lucinda.

— Hé ! protesta Simon. Pousse-toi de là, Mall !

— Pousse-toi de là toi-même ! rétorqua Mallory en se remettant debout. Je vais tuer ce farfadet de malheur. Si nous remettons la main sur le *Guide* d'Arthur, je propose que nous le gardions.

— Tu... tu es sûre ? demanda Jared.

La jeune fille opina :

— Je ne sais pas, vous deux, mais, moi, j'en ai ras-le-bol de me faire dicter la loi par ces sales petites créatures !

Fin du

Livre troisième

A propos de
TONY DITERLIZZI...

Né en 1969, Tony grandit en Floride et étudie le dessin et les arts graphiques à l'université. Il ne tarde pas à se faire remarquer comme dessinateur, grâce à *Donjons et Dragons*. Il écrit aussi des séries pour les lecteurs débutants, et illustre des auteurs vedettes, dont un certain J. R. R. Tolkien. Retrouvez Tony et son chien Goblin sur www.diterlizzi.com.

... et de HOLLY BLACK

Née en 1971, Holly grandit dans un grand manoir délabré, où sa mère lui raconte des histoires de fantômes et de fées. Auteur de poésies et d'un « conte de fées moderne » très remarqué, *Tithe*, elle vit dans le New Jersey avec Theo, son mari, et une étonnante ménagerie. Pour en savoir plus, rendez-vous sur www.blackholly.com !

Avis aux fées et gobelins en colère : malgré vos attaques, Holly et Tony travailleront d'arrache-pied pour raconter l'histoire de Mallory, Jared et Simon jusqu'au bout !

Elfes, licorne et gobelins,
Griffons et troll… et j'en oublie !
Voyons, quel sera le prochain
À compléter la panoplie ?

JARED GRACE

Chafouin va-t-il enfin cesser
De tourmenter les enfants Grace ?
Et Jared saura-t-il sauver
Arthur Spiderwick ? Le temps presse !

Cependant, au bord de la ville,
Un roi règne sur son royaume.
Mais ce seigneur des nains est-il
Ami ou ennemi des hommes ?

LE ROI DES NAINS

Pour le découvrir, fées et hommes
Liront le quatrième tome !

L'ARBRE DE FER
LIVRE QUATRIÈME

Remerciements

Tony et Holly voudraient remercier
Steve et Dianna pour leur perspicacité ;
Starr pour sa franchise ; Myles et Liza,
qui les ont accompagnés dans ce voyage ;
Ellen et Julie, qui leur ont permis de passer du rêve
à la réalité ; Kevin, toujours enthousiaste,
pour la foi inébranlable qu'il a en nous ;
et spécialement Angela et Theo :
aucun superlatif ne saurait décrire la patience
dont vous avez fait preuve lors de ces nuits blanches
passées à parler sans fin de Spiderwick.

Cet ouvrage a été composé par
PCA - 44400 REZE

Achevé d'imprimer en juillet 2006
dans les ateliers de Normandie Roto Impression s.a.s.
61250 Lonrai
N° d'imprimeur : 06-1767
Dépôt légal : novembre 2004
suite du premier tirage : juillet 2006

Imprimé en France

 12, avenue d'Italie
75627 PARIS Cedex 13

Retrouvez les enfants Grace
dans les tomes 1 et 2

LES CHRONIQUES DE
SPIDERWICK

LE LIVRE MAGIQUE

LA LUNETTE DE PIERRE